ÏAMBES & SATIRES

1871-1874

PARIS

A. DERENNE, Éditeur

Rue Saint-Séverin, 25.

1874

ÏAMBES & SATIRES

Germain Picard

ÏAMBES & SATIRES

1871–1874

PARIS

A. DERENNE, Éditeur

Rue Saint-Séverin, 25.

1874

OUVRAGES DU MÊME AUTEUR

—

LE SILENCE DU POÈTE

Et l'on me demandait : poète que fais-tu,
  Seul, errant, le front bas, au milieu de nos fêtes,
Comme un jeune héritier qui, de crêpes vêtu,
Etale sa douleur aux yeux de nos coquettes ?
Jadis, quand tu venais partager nos plaisirs,
Chacun te demandait quelque chanson nouvelle,
Et tu chantais l'amour.... heureux si les désirs
Gonflaient dans sa prison une gorge rebelle !
Pourquoi ne veux-tu plus, au retour du printemps,
Nous vanter les yeux noirs de ta blonde maîtresse ?
L'amour est-il donc mort dans ton cœur de trente ans ?
Contre l'or d'un vieillard, échangeant sa jeunesse,
Lisette a-t-elle fui vers le quartier d'Antin ?
Ou Zoïle, trempant sa plume dans la boue,

Sur toi barbouille-t-il un libelle anodin ?
Eh bien ! fais-lui sauter le mépris à la joue ;
Mais viens dans nos festins chanter comme autrefois,
Et puisqu'un doux regard ne trouble plus ton âme,
Chante-nous les combats des peuples et des rois,
Les héros de la rue et, dans la ville en flamme,
Les vainqueurs acclamant la sainte Liberté. »
— Moi ! que j'aille, flatteur de l'orgueil populaire,
Exalter les hauts faits d'un faubourg révolté !
Non ; j'ai le cœur trop haut et j'ai l'âme trop fière,
Pour être le Gracchus ou le Cléon du jour.
J'ai toujours méprisé la servile bassesse
Des tribuns, aussi bien que des valets de cour,
Et l'émeute pour moi n'a jamais eu d'ivresse.
Je hais l'oppression, mais tyrans pour tyrans,
Je préfère les rois à la plèbe sauvage,
La plèbe qui trois jours au feu serre ses rangs,
Brise un trône et nous jette en plus dur esclavage.
Pourquoi donc réveiller la muse qui s'endort ?
La muse ne ment pas et c'est par des mensonges
Qu'on entraîne le faible et qu'on trompe le fort.
J'ai trop vécu, d'ailleurs, pour écouter vos songes.
— Chante, me dites-vous et du monde nouveau
Transmets à l'avenir les vertus et la gloire.... »
— La gloire !... quand la France a voilé son drapeau ;
Lorsqu'on fête à Berlin la honteuse victoire
Par le nombre donnée à des bandits heureux.
Les vertus !... quand je vois les hommes populaires
Trafiquer du pouvoir ou s'égorger entre eux.
Les tribuns se changer en bourreaux mercenaires ;

Les citoyens ramper devant des sots épais;
De grands hommes bâtards et cachant avec peine
Sous leurs galons volés des âmes de laquais,
Et du monde avili la cupidité reine
« Oh ! si Dieu m'avait fait naître en ces temps heureux
Où l'on peut contempler les hommes sans colère,
J'aurais voulu chanter en vers harmonieux
Les vertus des puissants, le bonheur populaire,
Et cette liberté que vous vantez toujours
Et ne connaissez pas : courtisane effrontée
Pour l'un, noble duchesse en robe de velours
Pour l'autre, et pour la foule ignorante, irritée,
Virago d'atelier, pieds nus, montrant le sein,
Brandissant un poignard rouge encor du carnage,
Et sur son front coiffé du bonnet phrygien,
Laissant lire la haine et non pas le courage.
« Puis, loin de nos cités, à l'ombre des grands bois,
J'aurais chanté l'amour, ce rêve qui fait croire
Au bonheur, l'amitié qu'on trouve... quelquefois,
Et le vin qui du mal fait perdre la mémoire. »
« Mais, chanter dans les pleurs est un devoir amer,
Et s'il veut au méchant jeter son anathème,
Le poète a besoin d'une plume de fer,
Qu'il trempe dans le fiel en criant un blasphème.
Honte au lâche qui va, servile ambitieux,
D'un tyran, peuple ou roi, mendier le sourire !....
Laissez-moi donc errer triste et silencieux,
Je ne veux pas flatter et je ne puis maudire. »

1871.

ŒIL POUR ŒIL, DENT POUR DENT

L E jour viendra bientôt où notre pauvre France
    Relèvera son front humilié ;
Alors nous pousserons un long cri de vengeance,
        Car nous n'aurons rien oublié :
Ni les vieux régiments écrasés par le nombre
        Ou vaincus par la trahison ;
Ni les soldats rendus et fusillés dans l'ombre,
        Ou morts de faim dans leur prison.
Nous nous rappellerons que la Prusse sauvage,
        Lâchant ses hordes de brigands,
A mis pendant six mois nos villes au pillage,
        En nous parlant du droit des gens.

1.

Les boulets, de Strasbourg ont fait une ruine ;
    Paris, l'héroïque Paris,
Criblé d'obus, s'est vu réduire à la famine
    Par un Tartufe en cheveux gris.
Nos paysans dont on détruisait les chaumières,
    Volait les bœufs, foulait les champs,
Quand ils ont défendu les foyers de leurs pères
    Et le pain noir de leurs enfants,
Ont été condamnés comme assassins et traîtres
    Par les soldats du roi voleur,
Braves qui massacraient des femmes et des prêtres,
    Pour les punir d'avoir du cœur.
Nous aurons tout cela gravé dans la mémoire,
    Quand viendra l'heure où le destin
Auprès de nos drapeaux ramenant la victoire,
    Nous fera traverser le Rhin,
Et la guerre sera telle qu'on nous l'a faite
    (La justice le veut ainsi) ;
Œil pour œil, dent pour dent, c'est la loi du prophète
    Et ce sera la nôtre aussi.

                       1871.

LE COURONNEMENT

Tʌᴍʙᴏᴜʀꜱ battez, canons de la vieille Allemagne,
    Tonnez de Munich à Berlin ;
Guillaume, roi de Prusse, a singé Charlemagne,
    · Napoléon et Charles-Quint.

Chacun de vous était libre ou paraissait l'être,
    Sous le sceptre d'un roitelet,
Dignes fils des Teutons ! mais votre nouveau maître
    Vous fait esclaves tout-à-fait.

Qu'importe ? vous avez d'un septuagénaire
    Fait un César. En vérité,
C'est trop peu pour payer cette gloire éphémère
    Que toute votre liberté.

Allons, vive Guillaume ! il vous fera l'aumône
De quelque médaille, en passant,
Et vous vous coucherez tout autour de son trône,
Pour qu'il puisse y monter sans marcher dans le sang.

1871.

LE ROI DÉVOT

GUILLAUME qui pille la France
Comme un bandit sans foi ni loi,
Et se parjure au nom du droit,
Croit, dit-on, à la Providence.

Il parle du Dieu des armées
Et l'invoque dans les combats ;
Puis, à la fureur des soldats
Livre les foules désarmées.

C'est ainsi qu'on voit en Espagne,
Le soir, au coin des grands chemins,
Les voleurs et les assassins,
Avant de se mettre en campagne,

A genoux, prier la madone
De bénir leurs NOBLES exploits,
Bien persuadés qu'à sa voix
Le succès vient et Dieu pardonne.

1871.

NOUS NOUS SOUVIENDRONS

Les barbares du Nord ont passé la frontière
    Par des traîtres conduits,
Et notre noble France, hier encore si fière,
    A vu ses bataillons détruits,
Ses villages brûlés ou livrés au pillage,
Ses champs semés partout du corps de ses enfants
Et ses villes en deuil, lorsque, suprême outrage,
Les Prussiens dans leurs murs défilaient triomphants.

    Frères d'Alsace et de Lorraine,
    Du passé nous nous souviendrons,
    Et nous couverons notre haine
Jusqu'à l'heure fatale où nous nous vengerons.

Nous nous sommes levés, mais la France meurtrie
　　Et les flancs déchirés,
Agonisait déjà, pauvre mère patrie,
　　Sur ses bastions effondrés.
En vain, pour arrêter les hordes étrangères,
Metz et Strasbourg livraient d'héroïques combats,
Le destin accablait les deux villes guerrières
Et rien de l'ennemi ne retardait les pas.

　　Frères d'Alsace et de Lorraine,
　　Du passé nous nous souviendrons,
　　Et nous couverons notre haine
Jusqu'à l'heure fatale où nous nous vengerons.

Alors on fit la paix, non pas la paix féconde
　　Reçue avec amour ;
Mais cette triste paix qui n'est pour tout le monde
　　Qu'un armistice d'un jour ;
Et subissant des lois par la force imposées,
La France dut livrer au César tout-puissant,
Pour sa part de butin, nos villes épuisées
Et nos cantons, encor rouges de notre sang.

　　Frères d'Alsace et de Lorraine,
　　Du passé nous nous souviendrons,
　　Et nous couverons notre haine
Jusqu'à l'heure fatale où nous nous vengerons.

Le sort nous a trahis, frères, mais l'espérance
     Vit au fond de nos cœurs,
Et lorsque nous verrons accourir de la France
     Les bataillons libérateurs,
Nous nous soulèverons partout sur leur passage,
Autour de leurs drapeaux nous reprendrons nos rangs.
Et nous rejetterons dans leur pays sauvage
Les reîtres de Guillaume, aujourd'hui nos tyrans.

    Frères d'Alsace et de Lorraine,
    Du passé nous nous souviendrons,
    Et nous couverons notre haine
Jusqu'à l'heure fatale où nous nous vengerons.

                                1871.

LA PAIX

Monsieur Thiers nous l'a dit, la paix est assurée
Et tout va pour le mieux.... puisqu'il est président.
Donc l'Alsace jamais ne sera délivrée,
Et notre ambassadeur, diplomate prudent,
Baisera, souriant, les bottes de Guillaume,
Pourvu que le dévot ivrogne, satisfait
D'avoir contre un empire échangé son royaume,
Daigne nous pardonner le mal qu'il nous a fait.

1872.

ADIEU

MES CHATEAUX EN ESPAGNE

QUELQUEFOIS dans le pays bleu,
En esprit je fais un voyage,
L'été, couché dans un bocage,
L'hiver, assis au coin du feu.
L'autre jour donc, je rêvai que la terre
Voyait enfin tous ses malheurs finis,
Car le soleil, dans sa longue carrière,
N'éclairait plus que des peuples amis.
Mais la Lorraine pleure et maudit l'Allemagne,
Adieu mes châteaux en Espagne.

Je rêvai que la liberté
Etait partout reine et maîtresse,
Et que le monde avec ivresse,
Acclamait son nom respecté.

2.

Rois absolus et tribuns populaires,
Tous les tyrans dormaient dans leurs tombeaux,
Et nulle part des hordes mercenaires
Au plus offrant ne louaient leurs drapeaux.
Mais Guillaume et Bismarck gouvernent l'Allemagne,
Adieu mes châteaux en Espagne.

Je rêvai que chacun pouvait
Aux champs, ainsi que dans la ville,
Disposer, heureux et tranquille,
Des biens que le Ciel lui donnait.
Petits et grands étaient pleins d'espérance
Et tous les fronts annonçaient la gaîté,
Car le travail, père de l'abondance,
Avait partout chassé la pauvreté.
Mais l'Alsace nourrit les vautours d'Allemagne,
Adieu mes châteaux en Espagne.

1873.

ÏAMBE

L'HISTOIRE nous l'apprend, souvent des grandes crises,
    Un peuple sort régénéré ;
Honteux de ses erreurs et des fautes commises,
    Triste, mais non désespéré,
Il ne recherche pas sur quel bouc émissaire
    De sa responsabilité,
Il peut se décharger, afin de satisfaire
    Son incurable vanité.
Non, mais se repliant, modeste, sur lui-même,
    Il se juge, et le souvenir
Lui montrant que chacun récolte ce qu'il sème,
    Il travaille pour l'avenir.

Il corrige ses mœurs, élève ses pensées,
        Etouffe ses dissentions,
Et reprend en dépit des misères passées,
        Son rang parmi les nations.
Je crus donc qu'il naîtrait une nouvelle France
        De nos désastres inouïs,
Et je vis avec joie un rayon d'espérance
        Errer sur mes yeux éblouis,
Le jour où nos vainqueurs repassant la frontière,
        Nous rendirent la liberté.
Nous pouvions, rappelant notre vertu première,
        Triompher de l'adversité ;
Nous ne l'avons pas fait.... Satisfait de lui-même,
        Le lâche se *pose* en héros,
L'incapable prétend monter au rang suprême,
        L'adultère a des airs moraux.
L'homme qui s'est rué sur la France meurtrie,
        Fc... furieux, traître ou bandit,
Crie à tous : « J'ai sauvé l'honneur de la patrie ! »
        Et quelquefois on l'applaudit.
Mais comme il faut livrer à l'orgueil populaire
        Des victimes, avec éclat
On traîne dans la boue un roi sexagénaire
        Et l'on dégrade un vieux soldat.
Nos sept cents souverains qui devaient pour leur gloire
        Oublier leurs ambitions,
Abjurer toute haine et clore enfin l'histoire
        De nos longues divisions,
Devenus les jouets d'intrigants politiques,
        Se querellent, font des discours

Et ne voient pas le flot des misères publiques,
    Qui, derrière e ... monte toujours.
La prostitution jette un ...... de femmes
    Sous les pas de ... les passants ;
L'agiotage accroît les richesses infâmes
    Qu'il doit à nos malheurs récents ;
L'art n'est plus qu'un métier, la poésie est morte,
    Les histoires sont des pamphlets ;
La presse ne veut plus d'étude saine et forte,
    Certains journaux sont des valets
Qui flagornent la foule et, selon son caprice,
    Blancs un jour, noirs le lendemain,
Entravent sans pudeur l'œuvre réparatrice
    Que les sages tentent en vain.
Le roman peint les mœurs et parle le langage
    Des scélérats les plus hardis,
Surexcite l'envie ou déverse l'outrage
    Sur tout ce qui fut grand jadis.
Le théâtre, qui mêle aux pièces à scandale
    Le bouffe et ses insanités,
Pour flatter du public les sens blasés, étale
    D'audacieuses nudités,
Et le peuple croyant qu'avec les mots tout change,
    Court à chaque exhibition
Et dit : « La République a balayé la fange
    Des vingt ans de corruption. »

. . . .

. . . .

Le présent est bien triste et l'avenir bien sombre,
Mais, en dépit de la raison,
Sans me décourager, j'attends que chassant l'ombre,
L'aurore éclaire l'horizon.

1874.

EDWARD

I.

Les vins étaient exquis, les femmes étaient belles ;
Les cheveux dénoués flottaient sur les dentelles,
Les seins blancs débordaient les corsages brodés,
Les yeux étincelaient d'ivresse et de luxure.
Toute parole était une parole impure
Et les baisers marbraient les visages fardés.

Seul Edward était sombre et buvait sans rien dire.
La blonde Loïsa, courtisane au fou rire,
Près de lui vint s'asseoir et par de gais propos
Voulut de ses pensers vainement le distraire ;
Edward la repoussa, se leva, prit son verre,
Et d'un trait le vidant, fit entendre ces mots :

— Ah ! vous vous étonnez qu'au milieu de l'orgie,
Quand ses bras ont traîné sur la nappe rougie,
Edward le franc viveur, plus débauché que vous,
Soit triste..., Loïsa, ma belle courtisane,
Verse-moi du Bourgogne et que le Ciel me damne
Si je ne suis bientôt le plus ivre de tous !

« Amis, je bois à vous ! à vous dont la sagesse
A sur votre patron façonné ma jeunesse ;
Vous avez réussi, car votre œuvre est parfait.
J'étais ardent et fort avant de vous connaître,
Regardez : je suis vieux et je dois le paraître....
Or j'ai trente ans ; voilà ce que vous avez fait. »

Les convives alors entre eux se regardèrent,
Inquiets, irrités. Les moins ivres pensèrent
Qu'Edward perdait la tête et Loïsa lui dit :
— « Sais-tu que ton sermon n'est pas de circonstance ?
Tu nous dispenseras de la suite, je pense. »
Mais Edward se tourna, dédaigneux, et reprit :

— « Amis, je bois à vous ! Si j'ai bonne mémoire,
Je croyais à l'amour, je croyais à la gloire,
Autrefois, je croyais à la patrie, au bien,
Je croyais même à Dieu. C'était fort ridicule,
N'est-ce pas ? Mais, du temps où j'étais si crédule,
Vous pouvez vous moquer, je ne crois plus à rien.

« Dégoûté des catins, blasé sur l'adultère,
Je suis allé chercher dans les bras de sa mère
Une vierge et.... hier soir, j'ai vu porter son corps
A la morgue.... Elle était morte de faim, peut-être....
Allons, roués sans cœur, saluez votre maître....
Je suis venu souper et n'ai pas de remords. »

En achevant ces mots, Edward leva son verre
Une dernière fois, et le jetant à terre :
— « Brise-toi, lui dit-il, comme sera par moi,
Avant peu, le jour où ma main indifférente
D'un pistolet chargé pressera la détente,
Brisé mon crâne chauve, aussi vide que toi. »

Il n'en put dire plus, il pâlit et semblable
A quelque masse inerte, il roula sous la table.
Aussitôt, écartant du pied son corps meurtri :
— « Il ne parlera plus et nous serons tranquilles,
Dit Loïsa ; le vin qui rend les imbéciles
Presque spirituels, rend sots les gens d'esprit. »

— « Décidément, Edward n'a plus la tête forte,
Reprit un des viveurs ; il vieillit, mais qu'importe
S'il tombe sous l'ivresse au milieu du festin !
Dors en paix, cher ami, j'adore la morale
En carême, le soir, dans une cathédrale ;
Mais elle me déplaît ailleurs et si matin. »

3

Les rires et les chants de nouveau se mêlèrent,
Des paroles d'amour au hasard s'échangèrent,
Le Cliquot pétillant brilla dans les cristaux
Et le salon doré fut une tabagie,
Jusqu'à ce qu'éteignant la dernière bougie,
L'aube, de ses doigts blancs, souleva les rideaux.

Les convives alors gagnèrent leurs voitures.
Mais, de tous ces viveurs, de toutes ces impures,
Nul ne songea qu'Edward gisait sur le tapis
Et ce fut un valet, qui, la nappe levée,
Le vit, cuvant encor l'orgie inachevée,
Et le fit reconduire en fiacre, à son logis.

II

Quatre heures vont sonner ; sous la porte cochère
D'une vieille maison suintant la misère,
Un cercueil est posé sur deux chaises de bois.
Point de tenture autour, pas de faste hypocrite ;
Mais, au pied du cercueil, un verre où l'eau bénite
Baigne un rameau de buis et, plus haut, une croix.

Une femme en grand deuil est là debout et pleure,
Car dans ce coffre étroit, froide et sombre demeure,
Pauvre mère, elle vient de coucher son enfant.
Elle était bien heureuse autrefois, quand sa fille
De sa jeunesse en fleurs égayait la famille
Et qu'elle la suivait d'un regard triomphant.

Son mari, dont l'amour soutenait le courage,
Travaillait sans relâche et donnait au ménage
La médiocrité, trésor des bonnes gens.
Sa fille, découvrant quelque grâce nouvelle,
Chaque jour, devenait de plus belle en plus belle
Et tout semblait sourire à ses dix-huit printemps.

La femme, à dix-huit ans, rêveuse ou réjouie,
Est semblable à la rose à peine épanouie ;
Elle a tous ses parfums et toute sa fraîcheur ;
Aussi l'amour vient-il, papillon infidèle,
Avec des airs pimpants voltiger autour d'elle
Et murmurer des mots qui troubleront son cœur.

Rien n'avait effleuré la vertu de Louise,
Lorsqu'Edward, revenant de chez une marquise
Qui l'avait ennuyé considérablement,
La vit ; il admira sa beauté, sa jeunesse,
Sa pudeur ; il jura d'en faire sa maîtresse....
Trois semaines plus tard il était son amant.

Ce caprice dura ce que dure un caprice,....
Le temps de visiter la Savoie et la Suisse.
De retour à Paris, don Juan qui n'aimait plus,
Dans un hôtel garni conduisit donc Elvire
Et, pendant son sommeil, s'esquiva sans écrire
D'hypocrites adieux qu'il jugea superflus.

Longtemps la jeune fille attendit, confiante,
Le retour de l'aimé ; car l'espérance est lente
A fuir un jeune cœur.... Elle attendit en vain.
Puis, un jour, du peu d'or laissé par le volage,
Du prix de ses bijoux, vendus ou mis en gage,
Il ne resta plus rien, rien:.. et Louise eut faim.

Se souvenant alors de sa belle jeunesse,
Elle voulut des siens implorer la tendresse ;
Mais son père était mort de honte et de chagrin ;
La douleur, plus que l'âge, avait brisé sa mère,
Pauvre, hélas ! elle eut peur d'augmenter sa misère
Et roula dans la fange au milieu du chemin.

Elle vécut longtemps à la solde du vice ;
Puis, quand la courtisane eut vidé le calice
De l'infamie, un soir d'hiver elle mourut.
Comme elle avait changé de nom, fille inconnue,
Sur la dalle, à la morgue, on la déposa nue....
Ce fut là que sa mère en pleurant la reçut.

III

Lorsqu'Edward secoua le sommeil de l'ivresse,
Il avait oublié son ancienne maîtresse
Et les sombres pensers qui l'avaient agité ;
Il eut, comme toujours, grand soin de sa toilette,
Alla chez Loïsa qui se montra discrète,
Et fut étourdissant de verve et de gaîté.

X

LA SŒUR DE CHARITÉ

REGARDEZ-LA passer : une robe de bure
cache ses pieds discrets aux regards curieux,
Une cornette abrite et son front et ses yeux,
Un chapelet grossier tombe de sa ceinture.

Tout-à-l'heure elle va panser une blessure,
Un mal hideux, peut-être, et de ses soins pieux,
Quand il sera guéri, le malade oublieux
Pour la remercier lui lancera l'injure.

Autrefois cependant elle était riche et belle
Et tous les cavaliers s'empressaient autour d'elle
Quand elle paraissait, n'importe dans quel lieu.

Quoi donc lui fit quitter tous les biens de la terre,
Pour consacrer sa vie à servir la misère ?
L'amour de son prochain et l'amour de son Dieu.

LA MENDIANTE

I

A l'angle d'une rue elle s'est accroupie,
tremblante de vieillesse et de froid, elle épie
Les bourgeois attardés qui rentrent au logis,
Fatigués de plaisirs ou rongés de soucis.
Alors, si l'un d'entre eux à côté d'elle passe,
Elle lui tend la main et dit presque à voix basse :
— « Ayez pitié de moi, mon bon monsieur, j'ai faim
Et je ne puis rester ici jusqu'à demain,
Car la nuit est bien froide et la pierre est bien dure ;
Or, je n'ai pas d'abri, monsieur, je vous assure. »
Un jeune homme distrait ne l'entend même pas ;
Un vieillard qui la voit fuit en hâtant le pas ;

Un autre, dédaigneux, lui jette son aumône
Et, frappant du talon le pavé qui résonne,
Lance un juron grossier, puis, détournant les yeux,
Comme pour éviter un objet odieux,
Il maudit à part lui la police inhabile
Qui laisse mendier au centre de la ville.

Mais, la main dans la main, vient un couple joyeux,
Le rire sur la lèvre et l'amour dans les yeux ;
Il s'approche et voyant la vivante guenille
Qui s'étale à ses pieds : — « Oh ! dit la jeune fille,
Pauvre femme ! elle souffre et nous sommes heureux,
Il faut la secourir. » Et les deux amoureux
Glissent dans chaque main de la vieille pauvresse
Un bel écu d'argent. Celle-ci se redresse,
Souriante et leur dit : — « J'en aurai pour huit jours,
Merci ! Dieu qui voit tout bénira vos amours. »

II

Or, cette femme, ainsi par le temps abattue,
Sans asile, sans pain et de haillons vêtue ;
Cette femme dont l'œil est éteint et la voix
Eraillée, elle fut bien heureuse autrefois,
Sans elle, il n'était pas de véritable fête ;
Elle était reine au bal ; plus d'un jeune poète

Chantait ses *yeux d'azur*, sa *chevelure d'or*
Et ses *lèvres de rose* ; on vantait plus encor
Sa bonté, son esprit, ses vertus, et l'envie
Se taisait, ne pouvant rien blâmer dans sa vie.
 Le plus favorisé de tous ses prétendants
Etait un financier, jeune homme de trente ans,
Beau parleur, beau valseur, galant avec méthode,
Soumis aux lois du monde et fidèle à la mode.
On le disait très-probe et l'on faisait grand cas
De ses talents ; si bien qu'il ne se traitait pas
Une affaire d'argent dans tout son entourage,
Sans qu'il fût consulté. D'ailleurs, il était sage
Et, s'il avait un vice, il le cachait si bien.
Que les plus malveillants ne se doutaient de rien.
 Cet homme comme il faut et si digne d'estime,
Devint le directeur d'une banque anonyme
Dont on parla beaucoup. Les fonds de ses amis,
Pour les faire valoir lui furent tous remis,
Et celle qu'il disait adorer, la première
Tout naturellement fut son actionnaire...
Elle lui confia ce qu'elle possédait.
 Juillet vint, et pendant que l'émeute grondait
Et qu'on brisait un trône afin d'en faire un autre,
Dans sa chaise étendu, le banquier bon apôtre
Partit pour la Belgique, emportant ce qu'il crut
Devoir s'approprier. Si la banque en mourut,
Il n'en faut pas douter. Quant à l'abandonnée,
Trop confiante, hélas ! elle fut ruinée,
Et malgré son esprit, ses vertus, sa beauté,
Vit fuir ses courtisans.... comme la royauté.

III

Notre fripon, en paix avec sa confiance
Des *gogos* brabançons capte la confiance.
Le châtiment *prescrit* et son vol oublié,
Il revint à Paris, fort riche et marié.
Bon voisin, bon ami, bon père de famille,
C'est lui qui, rencontrant la pauvre vieille fille,
Sa victime, une nuit, lui jeta quelques sous
Et trouva le préfet de police trop doux,
Puisqu'il n'envoyait pas, magistrat inhabile,
Les mendiants crever loin de la grande ville.

XII

LES PAQUERETTES

Aimables fleurs des champs, modestes pâquerettes,
J'aime vos disques d'or et vos rayons d'argent,
Quand vous les étalez, ô mes douces fleurettes !
Au bord d'un gai ruisseau, sur le gazon changeant.

Vous recevez de Mai les fécondes rosées,
Le soleil vous caresse et sur vous, pour la nuit,
Les insectes, pliant leurs ailes irisées
Et leurs élytres noirs, se posent avec bruit.

N'enviez pas le sort, mes belles paysannes,
Des orgueilleuses fleurs qui peuplent nos jardins;
Elles ont des parfums comme les courtisanes,
Elles ont leurs atours et souvent leurs destins.

Dès qu'un souffle d'amour entr'ouvrant leurs pétales,
Elles peuvent des sens flatter la volupté,
Un maître les enlève à leurs tiges natales
Dans toute leur jeunesse et toute leur beauté.

Loin du soleil alors, dans un vase enchaînées,
Elles perdent bientôt leurs parfums oubliés,
Elles languissent, puis, quand elles sont fanées,
On les jette aux passants qui les foulent aux pieds.

Vous, vous vivez en paix dans nos riches prairies,
Et quand vient le moment par nul être évité,
Fleurettes, vous mourrez sur vos tiges chéries....
Et la terre connaît votre fécondité.

LE RÊVEUR

QUELQUEFOIS, dans Paris, on voit errer un homme,
Le front courbé sous un invisible fardeau,
Jeune encore et déjà pâle et fatigué, comme
L'est un vieillard assis aux portes du tombeau.

Le fat, en le croisant, le lorgne avec surprise ;
La grisette sourit du promeneur distrait ;
Le bourgeois le croit fou, le pédant le méprise,
Et Gavroche le raille au seuil d'un cabaret.

Mais il passe au milieu de la foule indiscrète,
Sans voir le lorgnon d'or que braque le gandin ;
Laisse railler Gavroche et rire la grisette,
Et répond au mépris par un noble dédain.

Il poursuit son chemin, replié sur lui-même,
Puis un jour on apprend qu'un chef-d'œuvre a paru,
Qu'un sage a résolu quelque grave problème,
Ou que du vrai savoir le domaine est accru.

XIV

LE RENDEZ–VOUS DES LORETTES

Jeunes gandins roses et bêtes,
Dont on admire les chevaux ;
Beaux qui ne payez pas vos dettes ;
Vieux libertins riches et sots ;
Vous tous qui courez les ruelles
Cherchant un amour frelaté,
Et vous ruinez pour des belles
Qui n'ont jamais eu de beauté.
Allons messieurs, venez tous ;
Des lorettes,
Des coquettes,
C'est ici le rendez-vous.

Nous sommes de très-bonnes filles,
Nous sourions à tout venant
Et nous nous montrons si gentilles
Que tous en ont pour leur argent.
Du plaisir, volages prêtresses,
Nous avons tant d'amants nouveaux,
Qu'on nous voit changer nos tendresses
Aussi souvent que nos chapeaux.
  Allons, messieurs, venez tous,
    Des lorettes,
    Des coquettes,
  C'est ici le rendez-vous.

Venez, déjà la nappe est mise,
Le champagne coule à pleins bords ;
Buvons, chantons, quand on est grise
On a de l'esprit sans efforts.
Au dessert, en filles discrètes,
Quand nos soubrettes sortiront,
Vous chiffonnerez nos toilettes...
D'autres demain nous les paieront.
  Allons, messieurs, venez tous,
    Des lorettes,
    Des coquettes,
  C'est ici le rendez-vous.

On nous dit qu'il est dans le monde
Des hommes qui meurent d'amour...
Serins ! chez nous la table est ronde,
Et chacun prend place à son tour,

Foin des sottes et des bégueules
Qui laissent flétrir leurs appas !
Nous n'aimons pas, mais chez nous seules
Les amants ne languissent pas.
  Allons, messieurs, venez tous,
     Des lorettes,
     Des coquettes,
  C'est ici le rendez-vous.

UNE FEMME HONNÊTE

MATHILDE est une femme honnête
Comme on en trouve quelquefois,
Bonne, serviable, discrète
Et du monde observant les lois ;
Mathilde est une femme honnête.

Désirant plaire à son mari,
Estimable quinquagénaire,
D'un amant jeune et plein d'esprit
Elle a fait choix pour le distraire,
Car elle adore son mari.

Elle aime un peu trop la toilette,
Or, Monsieur n'a jamais d'argent

Et n'entend pas qu'elle s'endette ;
Mais un banquier fort obligeant
Payé les frais de sa toilette.

Mathilde qui sort très-souvent
Sans Monsieur, a dû, par prudence,
Faire son cavalier servant
D'un gommeux plein de complaisance,
Qu'elle remplace assez souvent.

Après dix mois de mariage,
On dit qu'elle eut un gros garçon,
Et relégua dans un village
La nourrice et le nourrisson,
Fruit précoce du mariage.

Elle prie et trouve très-doux
De récolter, humble quêteuse,
Des œillades et des gros sous,
Car elle est très-religieuse.
Et tout devoir lui semble doux.

Si l'on appelle femme honnête
Celle qui vit sans grands éclats,
Que le monde accueille et qui prête
A peine aux critiques des fats,
Mathilde est une femme honnête.

TABLE

—

Mayenne. — Imprimerie DERENNE.

Paris. — Rue St-Séverin, 25.

Mayenne. — Imprimerie DERENNE.

—

Paris. — Rue St-Séverin, 25.

—